簡瑞玲 著譯
Poems and Translated by Chien Jui-Ling

總是有詩

There Will Be Poetry
Ahí Habrá Poesía

簡瑞玲漢英西三語詩集
Mandarin-English-Spanish

台灣詩叢 • Taiwan Poetry Series 24

【總序】詩推台灣意象

叢書策劃╱李魁賢

　　進入21世紀，台灣詩人更積極走向國際，個人竭盡所能，在詩人朋友熱烈參與支持下，策畫出席過印度、蒙古、古巴、智利、緬甸、孟加拉、尼加拉瓜、馬其頓、秘魯、突尼西亞、越南、希臘、羅馬尼亞、墨西哥等國舉辦的國際詩歌節，並編輯《台灣心聲》等多種詩選在各國發行，使台灣詩人心聲透過作品傳佈國際間。

　　多年來進行國際詩交流活動最困擾的問題，莫如臨時編輯帶往國外交流的選集，大都應急處理，不但時間緊迫，且選用作品難免會有不週。因此，興起策畫【台灣詩叢】雙語詩系的念頭。若台灣詩人平常就有雙語詩集出版，隨時可以應用，詩作交流與詩人交誼雙管齊下，更具實際成效，對台灣詩的國際交流活動，當更加順利。

　　以【台灣】為名，著眼點當然有鑑於台灣文學在國際間名目不彰，台灣詩人能夠有機會在國際努力開拓空間，非為個人建立知名度，而是為推展台灣意象的整體事功，期待開創台灣文學的長久景象，才能奠定寶貴的歷史意義，台灣文學終必在世界文壇上佔有地位。

　　實際經驗也明顯印證，台灣詩人參與國際詩交流活動，很受重視，帶出去的詩選集也深受歡迎，從近年外國詩人和出版社與本人合作編譯台灣詩選，甚至主動翻譯本人詩集在各國文學雜誌或詩刊發表，進而出版外譯詩集的情況，大為增多，即可充分證明。

　　承蒙秀威資訊科技公司一本支援詩集出版初衷，慨然接受【台灣詩叢】列入編輯計畫，對台灣詩的國際交流，提供推進力量，希望能有更多各種不同外語的雙語詩集出版，形成進軍國際的集結基地。

【推薦序】五彩詩情
——序簡瑞玲詩集《總是有詩》

林鷺

詩人

　　在詩人的名冊上，簡瑞玲的出現比較特殊。她之所以特殊，在於她對詩雖然早有接觸，但礙於從事大學行政事務兼授課的工作太過繁忙，詩的創作量並不多；又因她主修西班牙文語，曾經遊學西班牙，西語的說、寫、譯能力表現十分出色，以致於在文學圈內，留給人翻譯家蓋過詩人的印象。

　　據悉簡瑞玲明確的詩人旅程始於她和前輩詩人李魁賢的一段特殊因緣。由於台灣的外交原本受制於中國，處境非常艱難，而李魁賢得力於他畢生寫詩、譯詩累積下來的不凡能量，是台灣少數具有國際知名度的詩人。他發現藉由詩的交流可以避開政治的現實，也能打著「台灣」的名號，闢出一條國民外交的路徑；於是他毅然「以詩先行」來開啟組團出國進行詩歌國際交流的大門。爾後李魁賢思及有必要成立一個讓外國詩人也能來台進行交流的雙向對口，於是從2016年開始，得力於淡水基金會董事長許慧明的協力促成，以故鄉淡水為基地，舉辦每年一次的「淡水福爾摩莎國際詩歌節」。國際交流本就亟需外語人才的助力，簡瑞玲

總是有詩
There Will Be Poetry・Ahí Habrá Poesía

在此際會下,於是成為牧詩者李魁賢名單中一員亮麗的新秀。

《總是有詩》是簡瑞玲的處女詩集,內容泰半就是來自她參與國內外詩歌節的紀情詩,少部分屬個人生活片羽燐光的情感抒懷。儘管總共才收錄三十多首作品,以三種語文呈現,然而或許得力於她豐富的海內外生活體驗,無論詩的語言掌握,或是情感捕捉的技巧,卻是顯示出一個成熟詩人的充分素質。我們且從既是這本詩集的名稱,也是這本詩集最經典的詩作〈總是有詩〉節錄「當笑容可掬/而內心有如刀割時/就有詩!//當宇宙還存有未解的奧祕時/當情感與理性搖擺搖擺不定時/當天空與海洋總是相連卻永不能在一起時/就有詩!//當嘴唇嘆息著回應另一雙嘴唇的嘆息時/就有詩!//只要空氣還擁抱和諧與馨香/只要還盼有期待與回憶/只要還有不能說的祕密/就有詩!」的詩句,即可探知並證實她對於詩的體悟與詮釋具備一定的功力。

這本詩集的部分題材來自詩人欣賞畫作得到的感動。比如:詩人兼畫家的林盛彬教授在詩歌節展出一幅讓很多人印象深刻,描繪處在戰爭廢墟前含著眼淚的烏克蘭老婦的油畫《哀慟》,就促使簡瑞玲寫下生動的「無助的眼神,在投射燈下閃爍/在憤怒和淚水中/即將失去對愛的判斷」(〈無聲之殤〉)。林教授或許意想不到,他的另一幅油畫《禱》竟然也激發出曾經當過他學生的簡瑞玲寫出「月色真美/不要因為想念就用跑的」(〈等〉)的美麗叮嚀,以及「許願 和諧開花/許願 悲泣不再/許願/所有心靈皆得自由」(〈許願〉)的慈悲禱詞。

簡瑞玲詩的另一特色在於能以短短的詩句來容納內在廣闊的

抒情，比如：〈假如你還沒睡著〉裡浪漫無邊的「假如你還沒睡著／試著到我身上度假」；從反覆前進與後退於〈迴〉的坎坷步伐中，看向「暗處的雨，總閃著銀光」並自我鼓舞著說：「生活不僅是眼前／還有彩虹和遠方。」與觀察蜂鳥舞翅，充滿哲思的小詩〈安然〉都值得讀者去細細品味她的詩人情思。

簡瑞玲的職場應對歷練豐富，內外慧麗清秀，無疑是台灣難得的國際交流人才。她在前輩李魁賢帶隊遠征中南美洲的重要詩歌學術會議上表現讓人讚賞有加。這使得她在2023年榮獲秘魯頒授聖地牙哥德丘科榮譽市民的殊榮；同一年度且以詩歌與小說傑出的翻譯成果，獲得美國奧菲斯文本（Orpheus Texts）年度譯者獎的表彰。

當我們讀著詩集裡紀錄繽紛的詩人體驗——〈五彩〉的美麗與感動，去回歸簡瑞玲未來的詩人旅程時，不禁讓人想起前輩詩人郭成義曾經忠告詩人說：「沒有感動，不要寫詩。」我則認為雖然人人都暗藏成為詩人的因子，但是可以斷定的是「不會感動，不成詩人」。於此從簡瑞玲的一首短詩〈別離〉來讀她「時光一直倒數著／披星追趕剩下的快樂／不／再也不想認識／不會再見面的人」的詩句，可以判定她內在情感豐富，生活體驗豐實，必定可以成就她成為一位優秀的詩人。

2024/7/29

【推薦序】從期待到等待

李若鶯

詩人、國立高雄師範大學退休教授

大概是瑞玲開始勇敢地在網路上發表她的詩作不多久的事吧，讀到她這首題為〈安然〉的短詩：

安然之於蜂鳥
不是在枝頭
而是在空中
不是在空中
而是在瞬間

我是很能尊重獨立個體的人，對別人表現存在的方式，特別是藝術文學的創作，向來少言寡語，偶作評論也盡量宏觀其特色，不糾結細節，遑論建言。但那天讀了這首詩，我旋即留言：

「瑞玲：在FB上讀到妳的禪詩。可以從〈蜂鳥〉和〈安然〉產生更多聯想和意象。一個意象追逐一個意象；建立一個意象，否定一個意象，最後點出〈瞬間〉的禪境。那就不只是一首禪詩，且是一首意象豐富的詩。」

2015年台南舉辦福爾摩莎國際詩歌節期間，瑞玲與我有過近身相處，當時她為與會詩人做西班牙語與中文之間的筆譯口譯，接觸許多國內外詩人，精讀很多詩，聽她話語、讀她譯文，那時我就知道她終將進入詩人的行伍。我破例多言，是出於對她有所期待吧。

　　這幾年，我已很少寫詩，更少讀詩了。我的生活在周邊景物人事流轉，且泰然於這種窄院寸土小宇宙的流轉。應允瑞玲寫序，第一個想法是：趕快去FB蒐尋她的詩來讀，但我其實不擅於過廟燒香、囫圇吞棗。瑞玲是凡事認真的個性，她這些年在國內外詩壇都備受矚目，其詩藝之精進可知。她詩想詩境的美好，我和讀者一樣，等待著一卷在手，陽光下的花前、月光下的燈前，伴著茶香或咖啡，細細品味之。

【推薦序】

歐斯卡・雷涅・貝尼帖茲（Oscar René Benítez）
薩爾瓦多裔美國籍詩人、律師
世界詩人運動組織美洲副會長兼駐加州領事

　　台灣詩人簡瑞玲的敏銳情感與創作天賦，充分傾注在這本優秀詩集《總是有詩》的每一首詩中。

　　詩人用風景、經驗、擁抱、情感、姿勢滋養她的靈魂，以及面對大自然和生命本身時，展現靈感所激發的驚喜。

　　簡瑞玲是一位遊歷過許多國家的詩人，除了與各國友人建立深厚的友誼之外，她也培養出對不同文化與生活方式的廣泛知識，這些知識使她成為一位值得稱許的人文主義詩人，因為她的敏感度隨著她遊歷拉丁美洲與其他國家的所有經驗而成長。此外，在她帶著詩作到訪過的國家，不僅突顯了台灣豐富的文化，也因此讓人們知道台灣人的價值觀、溫柔與親切。在其〈淡水舊港〉一詩中，運用美麗的詩歌意象寫道：「角落舢舨昂然揚升新月」。因此，在整本書中，讀者將會發現許多意象豐富的詩句，並且即使在閱讀過後，仍能在靈魂上產生共鳴。

在這本詩集中，詩人簡瑞玲展現了她對所有詩歌元素的廣泛掌握，她運用隱喻、豐富的意象、音樂性、語言的適切性和情感來打動讀者，讓讀者充分感受到她的詩意。

總是有詩
There Will Be Poetry · Ahí Habrá Poesía

目次

CONTENTS

3 【總序】詩推台灣意象／李魁賢
5 【推薦序】五彩詩情／林鷺
8 【推薦序】從期待到等待／李若鶯
10 【推薦序】／歐斯卡・雷涅・貝尼帖茲

17 五彩・Multicolor
19 妳的行李・My Suitcase
21 我黏上巴耶霍・I Adhere to You, Vallejo
23 總是有詩・There Will Be Poetry
25 假如你還沒睡著・If You're Still Awake
27 淡水舊港・The Old Port of Tamsui
28 停泊・Anchored
29 沮喪・Frustration
30 在夢境的入口・At the Gateway to a Dreamscape
31 我的浪・My Waves
32 漫，空氣・Diffuse Air
33 詩樂真理・Poetic and Musical Truth
35 在河內的雨中・In the Rain of Hanoi
38 緩緩・Slowly
39 再見，再見・Goodbye, Goodbye
40 我來了・I'm Here
41 別離・A Farewell

總是有詩
There Will Be Poetry • Ahí Habrá Poesía

42	迴 • Again
43	蔓茉莉 • Jasmine
44	熱 • Heat
46	遇見 • Meet and Greet
47	鄧公有詩 • Poems at Deng-Gong
48	無聲之殤 • Silent Mourning
50	等 • Waiting
51	許願 • Wishing
52	日頭・雨 • Sun・Rain
53	柳葉黑野櫻花 • The Capulí Flower
55	阿維拉城牆 • The Wall of Ávila
56	我們 • We
58	蒙古國文字 • Mongolian Script
60	淡水河一頁 • One Page of the Tamsui River
63	安然 • Freedom

| 64 | 作者簡介 • About the Author |

華語篇

五彩

綠是雲門樹屋的榕樹綠
映輝於妳的裙襬
是伊拉克眼眸的深邃綠
與夏雨後的新芽

紅是熱情，是薩爾瓦多拉丁魂
是突尼西亞女詩人溫暖開朗的唇
是淡水紅樓的磚
掩飾我不安羞赧的臉紅

藍是觀音山陰雨的蒼藍
是鎌倉塾的砂岩灰藍
是我在人海裡潛水的浪
是那厄瓜多爾詩人不期而至的憂傷

白是一種純粹
是馬偕醫師深愛台灣的真摯無瑕

總是有詩
There Will Be Poetry · Ahí Habrá Poesía

是日本詩人堅定反核的至情呼籲
是漁人碼頭的白色遊艇
與填補空虛心靈的柔軟穹頂

黑是神祕是魅力
是午夜淡水的咖啡黑
他的長袍黑禮服上
有一道光
正和貓頭鷹嬉鬧

橙是莊嚴廟宇的木雕橙
是孟加拉詩人的橙黃衫
是來自落地窗台的金耀陽光
驅走一夜冷氣的房
於是
某些部分的我又醒過來

妳的行李

去程
登機行李限重七公斤
精簡再精簡
理去一切想要的不需要
終於合乎規定
妳以七公斤登機
無須額外託運

回程
妳攬一本又一本詩集
格外清脆那異國錢幣
織滿印加帝國的拉丁紋路
張張車票的遠颺軌跡
女詩人的腕鍊
他的話語
秘魯人民的擁抱
合著妳朗誦詩詞的樂音

總是有詩
There Will Be Poetry・Ahí Habrá Poesía

帶不走的
超載妳行李

我黏上巴耶霍

從山城聖地牙哥德丘科到瓦馬丘科
從瓦馬丘科到特魯希略
從特魯希略到利馬
巴耶霍出生成長為青年詩人巴耶霍

巴耶霍的文字
是安地斯群山神祕回音
巴耶霍的眼
關注貧困與礦工
巴耶霍深鎖的眉頭
沉思生命種種苦難
巴耶霍的憤怒
震顫西太平洋的我
古印加的血液啊
誰深刻了詩都的名

總是有詩
There Will Be Poetry • Ahí Habrá Poesía

曼希切街道、柳葉黑野櫻、隼鷹
那街、那樹、那神鳥
是我尋訪巴耶霍的座標
從高原到太平洋懸崖
從山巔到海岸
從東亞到南美
從台灣到秘魯

佇立在世界一方
我
黏上巴耶霍

總是有詩

或許詩人不在,但總是有詩
秘魯詩人巴耶霍說他想寫
但出來的是泡沫
我想成為美洲獅
卻成為洋蔥

當生活的打擊如此巨大
邪惡傷害一次比一次凌厲
當笑容可掬
而內心有如刀割時
就有詩!

當宇宙還存有未解的奧祕時
當情感與理性搖擺搖擺不定時
當天空與海洋總是相連卻永不能在一起時
就有詩!

總是有詩
There Will Be Poetry · Ahí Habrá Poesía

當生命感到歡樂，沒有表現出來時
當兩對雙眸互望，映照出彼此時
當嘴唇嘆息著回應另一雙嘴唇的嘆息時
就有詩！

只要空氣還擁抱和諧與馨香
只要還盼有期待與回憶
只要還有不能說的祕密
就有詩！

盛開的同時也在凋謝
當火紅金陽劃開黑暗
別再說寶藏已盡，材料已枯竭
貝克爾已說，即使詩人不再
詩歌也會源源不絕

假如你還沒睡著

你以為我是一座市鎮

其實我是她的週邊

夠大夠美,夠完整浪擲整個週末

你尚未聽過

但也許經過

我不是一個房間

我是你智慧理想庇護所

能在碼頭邊坡尋夢

不是你想要的那款威士忌

總是有詩
There Will Be Poetry・Ahí Habrá Poesía

我就是你需要的水

假如你還沒睡著

試著到我身上度假

淡水舊港

河流天空湛然
角落舢舨昂然揚升新月

邊與隅
隔絕熙攘

擺渡水鳥
於季節交換的日常

遠山靜望
離人渡船
江河靜聽
殷盼歸途的呢喃

寫於閱讀鄭劍秋油畫《淡水舊港一隅》後

停泊

是有河

有一片任人來去的透澈

你從那兒走向這兒

誰走入了我的時光

寫於閱讀鄭劍秋油畫《停泊》後

沮喪

深白色骨瓷斟起茉香綠想起
你沒有笑你習慣了我無厘頭的胡鬧
我也習慣了你沒有被逗笑像一瓶不打算被打開的皮爾森
忘了是微甜還是苦澀
到底加糖了沒
讓我一邊想著一邊假裝我在悠活地旅行而不是逃避

總是有詩
There Will Be Poetry・Ahí Habrá Poesía

在夢境的入口

月光下,獨角獸從未被趕上
純白鬃毛
光暈殘影
流動姑婆芋領地

夢幻湖的夢幻水韭
灰棕臉盤的草鴞
凝視淺山石虎
思念著雲豹
熱鬧了幸福

幻影般鬼豔鍬形蟲
昂揚
在夢境的入口
我,行走其中

我的浪

時間是循環不滅的波浪

起跑後,沖散了先前的足跡

不停往前奔去

但我仍然盼望

在每一個波浪必然的到來前

你我之間,在那一瞬間

將永遠被停住

總是有詩
There Will Be Poetry・Ahí Habrá Poesía

漫,空氣

閉起雙眼
圈個句點
誒

凝結呼吸
傾聽
神的語言

指揮
你我
想像空間

詩樂真理

握球般,指尖交錯落下

輕撫琴鍵

漫舞雙腳鍵盤

沉穩管簧、渾厚莊嚴

音符流瀉

幻化一波波磅礴

瞬間遼闊　深邃如浪

如果恰好飄著小雨

必是甘霖　普澤大地

總是有詩
There Will Be Poetry・Ahí Habrá Poesía

如果正在蜷身哭泣

所有愁苦　即將遠颺

這年夏天

在河內的雨中

多年前於鄉間遇見
一首詩,越南新娘
身被流放
心被隱藏
河內遙遠
在詩的美麗臉龐

在機艙椅座後背的螢幕上又遇見
一首詩,圓錐型斗笠懸掛綠色湖心
美味河粉同水上木偶劇
壓縮在高畫質鏡頭內

初來乍到
無處不在,摩托車汽車喇叭聲
大廈和廟宇撓繞
在河內的細雨中

總是有詩
There Will Be Poetry · Ahí Habrá Poesía

感謝水泥地上的蓮花
於光亮紅色中綻放

華麗舞台上,市長先生盛裝致歡迎詞
台下雲椅上,人們高聲暢談嬉笑
在油亮髮膠和領帶之間
秒針直指尷尬
矛盾
在我左邊心房

還是孤獨的
毛毛雨中的河內
充滿夢想和企圖心
會前進的,我對自己說
在還劍湖
用最美麗的繁體

道別時沒有月光
下龍灣的神祕岩洞
加煉乳的咖啡
一座一座、一滴一滴
漸漸濃烈靈魂時
這一刻,雨下河內

總是有詩
There Will Be Poetry · Ahí Habrá Poesía

緩緩

淡水大屯山腳
小廂巴士緩緩
無法迴轉的蜿蜒山道
小徑那頭
笑聲樂聲
嗩吶的熱鬧
綴滿耳谷

是台灣的青年緩緩
高唱創作的歌謠
撥弄頭巾和吉他
磁吸我目光
來
把雙手借給你
盡情搖擺
我喝光手中的台啤

再見,再見

下車的女孩,對著淡水捷運站說
正要進地鐵的男孩,對著漁人碼頭說

漁船對漁港說
漁港對漁船說

再見,再見

鐘聲響起,一遍一遍對著鐘樓說
街燈對匆忙的城市說

再見,再見

明天,我也將說
將對今日的自己說

再見,再見

我來了

「我來了!」
夢境般直書囈語
渲染現實謬誤
爽朗豪邁
凝視蒙古細膩
第三次不是第二次加上第一次
是第一次的最大化
穹蒼白雪和風嘯
圖構遠方
烏蘭巴托
「我來了!」
壯麗的阿爾泰山和蒼鬱茂密的玉山
交會在淡水福爾摩莎詩畫展

別離

望著他的輪廓光影
想按下快門
留住特寫
時光一直倒數著
披星追趕剩下的快樂
不
再也不想認識
不會再見面的人

迴

反覆著,一次一次
前進兩步,又退一步
才談未來
又倒退萬丈怎麼這麼坎坷,路途
又荊棘漫長
暗處的雨,總閃著銀光
還想同那月亮般,銀白輝輝照漁港
向著明亮那方
向著明亮那方
生活不僅是眼前
還有彩虹和遠方

蔓茉莉

石牆仔內
圈不住笑語
浪漫的別名
掩不住回憶
沉厚青草氣息
透出馨香
讓純白的秀英花
在溑間綻放
衍伸無限

總是有詩
There Will Be Poetry・Ahí Habrá Poesía

熱

I.

火似般炎熱

沉浸在蔚藍裡

波光粼粼的河面

像靠近了天

明豔無瑕

叫人睜不開眼

II.

冬日溫暖的陽光灑在

落羽松夾道之小徑

駐足捉迷藏的人群

快門捕獲的視窗

讓我想起

夏天原來戴著

冬天的面具

遇見

忠寮小徑
一首詩句讀著我

茫茫人海
有一個我讀著這首詩句

如此深情的我們
將會在何處
以何種形式
再次相遇

鄧公有詩

教室裡

全是擠不下的音符，舞動

節奏樂隊的旋律

久石讓式的巡禮

彷若置身《天空之城》

是誰　在淡水河畔

是誰　在鄧公校園

澆灌了夢想

在紙、筆，在版畫

在絢爛

和你我之間

總是有詩
There Will Be Poetry・Ahí Habrá Poesía

無聲之殤

老婦臉頰上的淚水
蜿蜒
掛在崎嶇的紋理皺褶
逃亡
頭巾是唯一家當
無助的眼神，在投射燈下閃爍
在憤怒和淚水中
即將失去對愛的判斷

停止哭泣，到我這裡來
讓我將妳緊抱
即使暫時正義歪斜
槍砲褻瀆了和平
微光屢屢走失在圓頂穹蒼
一朵雲都看不見，天空中

卻有雨滴落了下來
應該是妳流的眼淚

閱讀林盛彬油畫《哀慟》

總是有詩
There Will Be Poetry · Ahí Habrá Poesía

等

月色真美
前方
你親吻的是哪塊石牆
鵝黃色大塊　還是
淺淺黃綠小塊
如果太陽昇起
如果迷霧散去
還有什麼其它熱情等待著我
月色真美
不要因為想念就用跑的
慢慢來
月色真美

閱讀林盛彬油畫《禱》，之一

許願

經歷著什麼，痂痕靜默
　　　衝突的回聲
被灰泥石牆吸納
　　　一波波希望的低語
　　　一箋箋懇禱信箋
嵌入古老的磚塊
　　　迴盪千年
和平的畫布揮灑著
　　　煦煦聖光
許願　和諧開花
許願　悲泣不再
許願
所有心靈皆得自由

　　　　　　　　閱讀林盛彬油畫《禱》，之二

總是有詩
There Will Be Poetry・Ahí Habrá Poesía

日頭・雨

踮佇伊的心中有一段
攏是火燒ě憤慨
彼雙被糟踢ě白布鞋
彼張有抓痕ě機票
佇出日頭又落雨的冬天
不時
真厚話
甘若講bē煞

柳葉黑野櫻花

　　——致　達尼洛・桑切斯

柳葉黑野櫻花
戴著紅圍巾
指引　啟發我們
使得濃霧另一側的人們不迷惘

柳葉黑野櫻花
每天寫　日夜寫
無論清晨或黃昏
一次一次，堅如磐石

不僅讚美她的智慧、創造力和謙遜……
且歌頌她堅定的方向，是人類遺產的詩篇
隨風，訴說她所寫　所給
以紅色和白色之音
傳唱她的渴望和希望
同她高舉的旗幟

總是有詩
There Will Be Poetry・Ahí Habrá Poesía

歌頌她使安地斯發光的傑出成就
歌頌她對安地斯無條件的愛,不論有沒有原因
我捧舉她對弱勢者溫柔的心
和那使讀者飛翔的魔法

柳葉黑野櫻花
來自遠方的花香在我身上散發芬芳,香氣完好無損
印加文化的巨大堡壘
召喚我感受、建設、鍛造那
巨大的安地斯烏托邦花園

阿維拉城牆

我喜歡這些

古老的城牆

被炙熱陽光親吻

被歲月的風咬過

總是有詩
There Will Be Poetry・Ahí Habrá Poesía

我們

在陰影的懷抱中，戰鬥開始了
迷霧之中，勇氣降臨
歷盡艱辛的戰鬥，我們昂首挺胸
如同夢想碰撞成一顆耀眼金球

我們跌倒、絆倒，卻永不屈服
因為我們心中，蘊藏著一團火
霧氣可能遮蔽道路和視線
但我們仍全力以赴，勇往直前

在意識中，我們感知一切尋找道路
揭開真相，隨著黑夜轉化成白晝
過程中的什麼，經歷的教訓
傷疤已然癒合

團結一致，我們團結一致
贏得的戰鬥將我們聯繫在一起

儘管物換星移，但我們安全地
被恆久的愛所包覆

過程銘刻在記憶中，直到永遠
我們是戰士，勇敢到骨子裡
在共同生活的這幅掛毯上
我們一起戰勝了失望

所以讓影子跳舞玩耍，在迴聲搖曳的迷霧國度
意識清醒彷若夢境
往往不記得開始，也或許無法知道如何結束
但或多或少記得過程中的什麼

所以讓影子跳舞玩耍，在迴聲搖曳的迷霧國度
對於我們，心識永遠相繫
於這場宇宙舞蹈中
志同道合，心潮澎湃

總是有詩
There Will Be Poetry・Ahí Habrá Poesía

蒙古國文字

豎立
垂直的
蒙古國文字
像水滴
像春雨
聽話的筆走著走著
伴隨富有創意的手指
垂直滑動
在棉紙或麻布上
筆直站立

豎立
垂直的
蒙古國文字
有如春雨落下
滋潤遼闊無垠大草原
動物、莊稼

有如淅淅瀝瀝的雨水
洗滌無數人的心靈
就像落下的淚水
是我離開蒙古國
不捨落下的
淚水

總是有詩
There Will Be Poetry・Ahí Habrá Poesía

淡水河一頁

九月晨曦中
世界河川日悄然來臨
披著時間薄紗，淡水河
蜿蜒北台灣歷史小鎮
這裡，河流脈搏鼓動
翻湧古今物語匯入大海胸膛

淡水河靜靜
流逝多少風華
記憶的舢板
依舊在河面飄盪
河景咖啡的音樂
彷彿訴說著遠洋傳奇

這裡，河流有如生命
與世界每一條相互輝映
從亞馬遜到尼羅河

從恆河到密西西比
盤錯編織著
地球的血脈,川流不息

河流帶來生機
承載人類夢想,無論
搖搖欲墜還是蒼鬱茁壯
它們沿著河岸延伸,與萬物繁茂
被這水域滋養
我們學會敬畏與珍惜

淡水河畔詩人的呼喚
響徹台灣每個角落
也傳向世界每一條河川
我們的家園,需要守護
在河流詩篇中
修復傷痕,共譜和諧願景

總是有詩
There Will Be Poetry・Ahí Habrá Poesía

懷抱希望
在河水低語中
展現永續的智慧
愛與行動攜手
從淡水到全球每一片海洋
願所有河流都自由清澈地流淌

安然

安然之於蜂鳥

不是在枝頭

而是在空中

不是在空中

而是在瞬間

作者簡介

簡瑞玲

　　生於台灣南部。世界詩人運動組織（Movimiento Poetas del Mundo）成員，《笠》詩社同仁，現職教育行政工作，國立臺中教育大學博士候選人。曾獲邀參與秘魯、越南、墨西哥、蒙古國與福爾摩莎等國際詩歌節，詩作散見於《笠》詩刊與國內外詩選集，曾於秘魯利馬電台《亞當的肚臍》節目接受西語專訪。譯有詩集《天拍殕仔光的時》、《島嶼的航行》、《保證》西譯版，與蔡淑惠博士合譯小說《倒風內海》西文版。2023年5月獲秘魯頒授聖地牙哥德丘科榮譽市民，同年9月榮獲美國奧菲斯文本（Orpheus Texts）年度譯者獎。

英語篇

CONTENTS

69	【Foreword】Using Poetry to Promote the Imagery of Taiwan ／Lee Kuei-Shien
72	【Preface】／Oscar René Benítez
74	Multicolor・五彩
76	My Suitcase・妳的行李
78	I Adhere to You, Vallejo・我黏上巴耶霍
80	There Will Be Poetry・總是有詩
82	If You're Still Awake・假如你還沒睡著
84	The Old Port of Tamsui・淡水舊港
85	Anchored・停泊
86	Frustration・沮喪
87	At the Gateway to a Dreamscape・在夢境的入口
88	My Waves・我的浪
89	Diffuse Air・漫，空氣
90	Poetic and Musical Truth・詩樂真理
92	In the Rain of Hanoi・在河內的雨中
95	Slowly・緩緩
96	Goodbye, Goodbye・再見，再見
98	I'm Here・我來了
99	A Farewell・別離
100	Again・迴

總是有詩
There Will Be Poetry・Ahí Habrá Poesía

101　Jasmine・蔓茉莉
102　Heat・熱
104　Meet and Greet・遇見
105　Poems at Deng-Gong・鄧公有詩
106　Silent Mourning・無聲之殤
108　Waiting・等
109　Wishing・許願
110　Sun・Rain・日頭・雨
111　The Capulí Flower・柳葉黑野櫻花
113　The Wall of Ávila・阿維拉城牆
114　We・我們
117　Mongolian Script・蒙古國文字
119　One Page of the Tamsui River・淡水河一頁
122　Freedom・安然

123　About the Author・作者簡介

【Foreword】
Using Poetry to Promote the Imagery of Taiwan

Lee Kuei-Shien, curator of The Taiwan Poetry Series

After the turn of the millennium, Taiwanese poets have become more proactive in stepping on the international stage. With enthusiastic support and participation of poet friends, I had planned and made every effort to attend international festivals held in India, Mongolia, Cuba, Chile, Myanmar, Bangladesh, Nicaragua, Macedonia, Peru, Tunisia, Vietnam, Greece, Romania, and Mexico. I had also compiled various poetry collections like Voices from Taiwan to be published in various countries, so that the heartfelt voices of the Taiwanese poets can indeed be heard through their works and spread internationally.

Perhaps the most annoying issue when carrying out poetry exchanges internationally in the past years, was the fact that having to quickly edit and prepare poetry collections to be taken along to these festivals. Most of the time this was done at a moment's notice, where there was an obvious time pressure, and handling of the works may not be to the author's satisfaction. Thus, the thought of planning a bilingual poetry series like this Taiwanese

Poetry Series arose. If Taiwanese poets normally make a plan to publish bilingual poetry collections, and these can be used at any time where poetry exchange and poets' networking can proceed simultaneously, this will produce more effective results, and allows for a smoother process when using Taiwanese poems to carry out international exchanges.

The inclusion of 'Taiwan' in the series is the obvious draw point, and is necessary due to the lack of presence Taiwan has in international literature. Taiwanese poets having opportunities to make headway internationally should not be doing it for the sake of establishing their own fame, but as part of the overall effort to promote the imagery of Taiwan, all in the hope of establishing the long-term standing of Taiwanese literature on the global stage. Only then, can there is long-lasting meaning, and Taiwanese literature's position of importance in world literature can be assured.

Past experience has also shown that Taiwanese poets received much attention when they participated in international poetry events and exchanges, and the poetry collections they brought with them were very much welcomed. Further empirical proof comes from the fact that I have worked with numerous foreign poets and publishers to collate and translate Taiwanese poetry collection with greater frequency; there have even been increasing number of occasions where, without my prompting, some of my works were translated and published in various foreign literature or poetry magazines, which eventually led to the publication of entire collections in other languages.

I would like to express my appreciation to Showwe Information Co. Ltd., whose initial endeavor of supporting the publication of poetry collections turned into a willingness to take on the Taiwanese Poetry Series in their long-term publishing strategy. This provide a much needed impetus for exchange using Taiwanese poetry across the globe, and hopefully there will be more bilingual poetry collection featuring languages outside of English in the future, which will create a solid foundation for Taiwanese poetry to propel itself onto the international stage.

Translated by Te-chang Mike Lo

總是有詩
There Will Be Poetry・Ahí Habrá Poesía

【 Preface 】

Oscar René Benítez

U.S. citizen. Poet and novelist.

Vice President of Poetas del Mundo for the American Continent.

  The sensitivity and creative talent of the Taiwanese poet, Chien Jui-ling (Nuria), are widely poured into each of the verses that are part of this excellent collection of poems *There Will Be Poetry*.

  The poet has nourished her soul with landscapes, experiences, hugs, emotions, gestures and the astonishment that can only be provoked by inspiration when facing nature and life itself.

  Chien Jui-ling (Nuria) is a poet who has traveled through many countries and has cultivated, in addition to great friendships, an extensive collection of knowledge of different cultures and ways of life, which have made her a commendable humanist poet; for her sensitivity has grown with all the experiences gained in her travels through Latin America and other countries. In addition, her presence in the countries she has visited with her poetry, highlights the cultural richness of Taiwan and thus makes known the values, kindness and cordiality of its people. In her poem 'The Old Port of Tamsui', making use of beautiful poetic images, she writes: "The sampan boat at the corner rises to the new moon". Thus, throughout the book, the reader will find poems with rich imagery, that even after reading them, they continue resonating in the soul.

In the collection of poems that make up this book, the poet Chien Jui-ling (Nuria) demonstrates a broad mastery of all poetic elements by using metaphors, verses rich in images, musicality, appropriateness of language and emotions that move the reader and lead him to feel and experience good poetry.

總是有詩
There Will Be Poetry • Ahí Habrá Poesía

Multicolor

Green is the banyan tree over "Cloud Gate" bookstore,
its bright reflects on your skirt,
with the Iraqi's deep green looking
the sprouts after the summer rain.

Red is the passion, the Salvadoran's Latin soul,
the Tunisian poetess warm lips,
the bricks of the Red Castle restaurant,
and my shyness hidden in the uncomfortable blushing.

Blue is the landscape of the Guanyin Mountain under raining,
the grey blue of Kamakura Sook sandstone,
the waves of multitude in which I submerge,
and the unexpected sadness of the Ecuadorian poet.

White is a kind of purity,
the Doctor Mackay's impeccable love to Taiwan,

the firm anti-nuclear calling by the Japanese poetess,
the white yacht on Tamsui Fisherman's Wharf,
and the cotton clouds filling the emptiness in my heart.

Black is a mystical taboo,
The color of midnight in Tamsui found in coffee,
the ceremonial black robe
whose brightness
used to amuse the owls.

Orange is the solemn sculpture of the temple,
the yellow shirt of the Bengali poet,
the golden sunshine from the balcony
expelling the air conditioning cold all night.
And so
a certain parts of mine are awaken.

總是有詩
There Will Be Poetry • Ahí Habrá Poesía

My Suitcase

When leaving
the maximum weight for my suitcase at the check-in
was seven kilograms.
Reduce and reduce
Take away what you want, eventually you don't need much.
Finally, it is ready
to board with seven kilograms.
No additional costs.

On the way back
one and another poetry collection in your arms.
Exceptionally clear, exotic currencies
the woven wool from America, rich of the Inca Empire,
the finger prints in the tickets,
the poetess's chain,
his words

簡瑞玲漢英西三語詩集

the embraces of the Peruvian people,
the musical pitch of the recitation,
All that which you can't take with you
does so much overload your suitcase!

總是有詩
There Will Be Poetry • Ahí Habrá Poesía

I Adhere to You, Vallejo

From Santiago de Chuco to Huamachuco,
from Huamachuco to Trujillo,
from Trujillo to Lima,
Vallejo was born and raised to become a poet.

His writings
are mysterious echoes of the Andean Mountain.
His gaze
immersed in the miners' poverty and their fate.
His plucked eyebrows meditating
about redeeming humans from pain and suffering.
Vallejo's rage
hits like a trembling to the Western Pacific.
Ah! The Inca's ancient blood!
How deep is the name of your people,
the poetry capital of Peru!

In Mansiche, Capulí, and Corequenque.

Down that street, in that tree, in that sacred bird!

In every direction I look for and follow Vallejo in his own land.

From the plateaus to the cliff of the Pacific Ocean,

from the mountains to the coast,

from Eastern Asia to South America,

From Taiwan to Peru.

At the foot of the globe,

I

adhere to you, Vallejo!

總是有詩
There Will Be Poetry • Ahí Habrá Poesía

There Will Be Poetry

There may not be poets, but there's always poetry.
Peruvian poet Vallejo said he wanted to write,
but it came out of bubbles.
I want to be a cougar,
but become an onion.

As long as there are in life such hard blows;
as long as the evil hurts much and so much more than once fiercely;
While you smile,
but the heart inside feels like a knife cut,
there will be poetry!

As long as there is an unsolved mystery in the universe;
as long as the sense and sensibility keep battling;
as long as the sky and the ocean are always connected but could
    never together,
there will be poetry!

As long as the soul feels joyful and does not show it up;
as long as there are eyes that reflect the eyes that contemplate them;
as long as the sighing lips respond to the lips that sigh,
there will be poetry!

As long as the breeze carries perfumes and harmonies;
As long as there are hopes and memories;
As long as there is secret that cannot be told,
there will be poetry!

It's also withering while in full bloom,
as long as the fiery gold slashes the darkness.
Don't say, its treasures used up and short on themes,
Bécquer has said, the world could run out of poets, but always
there will be poetry!

總是有詩
There Will Be Poetry • Ahí Habrá Poesía

If You're Still Awake

you think I am a town

I am around her actually

big and beautiful enough to spend a whole weekend.

you haven't heard of it

but maybe pass by

I am not a room only

I'm the ideal refuge for your wisdom

you can dream on the slope of the pier.

not the whiskey you wanted

but the water you need.

if you're still awake

try to take vacation on me.

總是有詩
There Will Be Poetry • Ahí Habrá Poesía

The Old Port of Tamsui

The river and sky are clear and serene
The sampan boat in the corner soars high into the new moon

The edges and corners
are isolated from the noise

Waterfowl by the ferry
The daily exchange of seasons

Looking towards the mountains in the distance
Stepping off the ferry
Listening to the whispers of the river

Written after reading
Cheng Jianqiu's oil painting "A Corner of Tamsui Old Harbor".

Anchored

At Tamsui River

There is a clarity that people can come and go

You came from there.

Who came

in my time?

    Written after reading Cheng Jianqiu's oil painting "Anchored".

Frustration

Drinking green tea with the white porcelain cup, remembering that you don't laugh.
You've gotten used to my absurd behavior.
I've also gotten used to
to you not laughing, like a bottle of Pils that wasn't meant to be opened.
Is it sweet or bitter?
I forgot whether to add sugar or not.
Let me pretend I'm traveling merrily and not escaping.

At the Gateway to a Dreamscape

Under the moonlight, unmolested roams the unicorn
manes pure and white
spectres of aureoles
haunt the night-scented lily's realm.

Dreamy quillworts in a dreamy lake
African grass owl with a grayish brown face
contemplating the clouded leopard
and the leopard cat
together happiness they create.

Ghostly stag beetles
parade down
the dreamscapes gateway
and I walk amongst them.

總是有詩
There Will Be Poetry • Ahí Habrá Poesía

My Waves

Time is unstoppable waves

Once the race starts, they destroy the previous tracks

and they keep moving.

But I still feel like it.

When each wave of destiny arrives.

that moment, between you and me,

will last forever.

Diffuse Air

Close your eyes
A circular period
Ah!

The condensation of breath
Listen
The language of God

Address
the imaginary space
between you and me

Poetic and Musical Truth

Holding the ball, fingertips tremble

caressing the keys

dancing on the organ pedals

quiet, rather than solemn springs

the notes flow

shifting with the momentum of a wave

for a moment, it is more than vast, and is as deep as a great wave.

If it happens to be drizzling

it must be fresh water, nourishing the earth.

If you are weeping as you lick your body

all bitterness and sadness will be gone from you.

This summer.

總是有詩
There Will Be Poetry • Ahí Habrá Poesía

In the Rain of Hanoi

Many years ago I came across a poem from the country
The Vietnamese bride hidden in exile
The heart is hidden
Hanoi, so far away
The beautiful face in a poem

I find it again on the back of the cockpit seat
A poem, a conical cube hanging in the heart of the green lake
Delicious river sand with a puppet show on the water
Compressed in a high quality lens

As soon as you arrive
Everywhere the motorcycle horn sounds
Buildings and temples
As it drizzles in Hanoi
Thanks to a lotus on the concrete floor
Blooms red and bright

Before such beautiful scenery, Mr. Mayor dressed for the welcoming speech
On the cloud chairs at the counter, people talk loudly and laugh
In the midst of hairspray and necktie
the hand of the second hand points directly to the uncomfortable
Left ventricle
Filled with contradictions.

Still in solitude
It's still drizzling in Hanoi
Full of dreams and intentions
I'll move on, I tell myself
On Hoan Kiem Lake
Using the most beautiful traditional Chinese characters

Without the moonlight as I say goodbye
A mysterious cave in Halong Bay

總是有詩
There Will Be Poetry • Ahí Habrá Poesía

The condensation of coffee
One by one, drop by drop,
Little by little strengthening your soul
At this moment, in the rain, Hanoi

Slowly

At the foot of Datun Mountain in Tamsui town

Small buses go slowly by

the winding mountain road with no way to turn around.

Over the trail

Laughter, music and

the buzz of the cymbals

fill the valley of the ears.

Taiwanese youths are slowly

singing songs of their own creation

fiddling with scarves and guitars.

They magnetize my eyes.

Come on. Come here.

I'll lend you my hands

Let's rock and roll

I'll drink all the Taiwan beer in my hands.

總是有詩
There Will Be Poetry • Ahí Habrá Poesía

Goodbye, Goodbye

The girl who got off the bus said so to the Tamsui subway station
The boy who is about to enter the subway said so to the Fisherman's
    Wharf

The fishing boat said so to the fishermen's harbor
The fisherman's harbor told the fisherman's boat

Goodbye, Goodbye

The bell rang and said it to the tower clock over and over again
The lampposts said it to the rushing, crowded city

Goodbye, Goodbye

Tomorrow, I'll say,
say to me who belongs to today.

Goodbye, goodbye

總是有詩
There Will Be Poetry • Ahí Habrá Poesía

I'm Here

"I'm here!"
A proverb straight from a dream book.
Shaping reality
Abundant
when looking at Mongolia
The third time is not the second time plus the first,
is the first time maximized.
The sky, white snow and whistling wind
A graphic structure
Ulaanbaatar
"I'm here!"
The magnificent Mt. Altai and the lush and dense Mt. Jade
hanging in a corner of the world
at a fair in Tamsui, Formosa Taiwan

A Farewell

Observe his light and shadow contours
I want to press the shutter
and keep the prospect.
Time is constantly passing by
the stars chase the rest of happiness.
No, no.
I don't want to know
someone I'll never see again.

總是有詩
There Will Be Poetry • Ahí Habrá Poesía

Again

Again and again
two steps forward, one step back.
Talking about progress
again it takes you backwards.
How can it be so arduous?
Long thorn
The rain always shines in the dark.
I want to shine like the moon in a fishing harbor.
Towards the lucid side
Towards the lucid side
Life is not only now
but also rainbows and remoteness.

Jasmine

On the stone wall

I can't stand to laugh

Romantic alias

I can't hide the memories

Fine herbs that sparkle

Give way to the white jasmine

blooming in the bath

Infinite.

總是有詩
There Will Be Poetry • Ahí Habrá Poesía

Heat

I.

The fiery heat

binds itself to the great celeste

the shimmering face of the river

reaches as if up to the sky

lustrous and immaculate

and blinds the spectator.

II.

The wintry sun casts its warm embrace

upon a cypressed lane

the players of hide-and-seek

the windows frozen by a shutter click

they tell me

that summer carries with it

winter's face.

總是有詩
There Will Be Poetry • Ahí Habrá Poesía

Meet and Greet

On the Zhongliao Trail
A poem is reading me

In a sea of people
there's one of me who reads this verse

We are so fond of each other
Where in the future
In what form
Will we meet again

Poems at Deng-Gong

In the classroom
full of notes that cannot fit in, dancing
melody of the marching band
a tour de force in the style of Joe Hisaishi
it's like being in the "Castle in the Sky"
who is, by Tamsui River
who is, on Deng-Gong campus
watering the dreams
on paper, in pens, in prints
in splendor
between you and me?

總是有詩
There Will Be Poetry • Ahí Habrá Poesía

Silent Mourning

Tears on the cheeks of an old woman
meandering
hanging in the rugged folds of texture
to escape.
the headscarf is the only property.
helpless eyes flickering under the projection lamp
in anger and tears
about to lose the judgment of love.

Stop crying and come to me
let me hold you tight
even if justice is skewed temporarily
guns blaspheme the peace
twilight is lost in the dome.
can't see a cloud in the sky

but raindrops fall

it should be your tears.

                              Reading Lin Sheng-bin's Oil Painting "Grief".

總是有詩
There Will Be Poetry • Ahí Habrá Poesía

Waiting

The moonlight is beautiful
Ahead
Which stone wall are you kissing?
The big goose-yellow piece or
The light yellow-green one?
If the sun rises
If the fog lifts
What other passions await me?
The moonlight is so beautiful
Don't run just because you miss it
Take your time
The moonlight is so beautiful

Reading Lin Sheng-bin's Oil Painting "Prayer", I.

Wishing

Experiencing something, the scabs are silent.
    Echoes of conflict
Absorbed by the stone wall
    Waves of hopeful whispers
    Pages of prayer letters
Embedded in ancient bricks
    Reverberating through the millennia
A canvas of peace sprinkles
    Benevolent holy light
May, harmony blossom
May, there be no more weeping.
May
All hearts be free

        Reading Lin Sheng-bin's Oil Painting "Prayer", II.

總是有詩
There Will Be Poetry • Ahí Habrá Poesía

Sun・Rain

Overflowing anger
stews in her heart.
that pair of white sneakers that was trampled on
that plane ticket clawed by scratches
during a winter that was sunny and rainy.
such
raucousness
unending.

The Capulí Flower

——Dedicated to Danilo Sánchez Lihón

The flower of Capulí,
wears a red scarf
from which it directs and inspires us,
and that is to be able to see it on the other side of the thickest fog.

The flower of Capuli,
writes every day
No matter dawn
or dusk, again and again
she insists and pierces the rock.

Not only do I praise her wisdom, creativity and humility...
but I sing of her steadfast leadership, which is already a human heritage.
I tell to the winds what she writes and how from her, yearnings and
    hopes are lavished with her red and white voice as is the flag
    she hoists.

總是有詩
There Will Be Poetry • Ahí Habrá Poesía

I sing her beautiful effort adorned with Andean lights,
her love for what she has and has no possible explanation.
I exalt her tender heart with the vulnerable groups,
and the magic with which she grabs every being that reads and flies.

The Capulí flower from far away smells on me and its fragrance is
 intact.
how strong is the abysmal strength of the Inca culture,
to which I feel united, integrating and shaping
the prodigious garden of the Andean Utopia.

The Wall of Ávila

I like these

ancient city wall

kissed by the hot sun

bitten by the wind of time.

總是有詩
There Will Be Poetry • Ahí Habrá Poesía

We

In shadows' embrace, a fight takes flight,
Amidst the mist, where courage alights,
Through swirling battles, we stand tall,
As dreams collide in a dazzling ball.

We fall and stumble, yet never yield,
For in our hearts, a fire concealed,
The mist may cloud our path and sight,
But we forge ahead with all our might.

In consciousness, we seek the way,
Unveiling truths, as night turns to day,
What was in the process, now revealed,
Lessons learned, scars that have healed.

In unity, we stand as one,
Linked by the battles we have won,

Though time may change, we are secure,
Bound by the love that will endure.

In memories etched, forevermore,
We were warriors, brave to the core,
In this tapestry of life we share,
Together, we triumphed through despair.

So let the shadows dance and play,
In misty realms, where echoes sway,
And consciousness like dreams,
Often don't remember how to start,
Or you may not know how to end it,
But more or less remember what happened along the way.

So let the shadows dance and play,
In misty realms, where echoes sway,

總是有詩
There Will Be Poetry・Ahí Habrá Poesía

For we, as souls, forever stir,
United in purpose, hearts astir.

Mongolian Script

The erect
vertical
mongolian script
like a drop of water
soft spring rain
the obedient pen walks along
using creative fingers
vertical sliding
on cotton paper or linen cloth
standing upright.

Standing upright
vertical
mongolian script,
like falling rainwater
nourish the boundless grassland
animals and crops.

總是有詩
There Will Be Poetry・Ahí Habrá Poesía

like falling rainwater
cleanse the hearts of countless people.
these are the tears
I shed when I was
reluctant to leave
Mongolia.

One Page of the Tamsui River

In the September dawn,
World Rivers Day arrives quietly.
The Tamsui River, draped in the veil of time,
meandering through this historical town of North Taiwan.
Here, the river pulses like a heartbeat,
infusing stories of the past and present into the ocean's embrace.

The Tamsui River flows silently,
through countless years of splendor.
The Sampan boats in memory
still drift upon its surface,
accompanied by the music of the river view cafés,
as if recounting tales of distant voyages.

Here, the river is a symbol of life.
Connecting with every river in the world,
from the Amazon to the Nile,

總是有詩
There Will Be Poetry • Ahí Habrá Poesía

from the Ganges to the Mississippi,

together they weave

the Earth's lifeblood, flowing ceaselessly.

Rivers bring vitality,

and carry human dreams.

Whether faltering or robust,

stretching along the riverbanks, they are thriving with all things.

Nourished by these waters,

we learn reverence and appreciation.

The call of poets along the Tamsui River

resonates in every corner of Taiwan,

and reaches out to every river in the world.

Our homeland needs to be protected.

In the river's verses,

we mend wounds, weaving visions of harmony.

Let's embrace hope,
in the whispers of the Tamsui River,
let's find the wisdom for sustainability.
With love and action, hand in hand,
from the Tamsui to every ocean of the world,
may all rivers flow freely and clearly.

Freedom

Freedom for the Hummingbird

is not on the branches

but in the air

is not in the air

but in an instant.

About the Author

Chien Jui-Ling, alias Nuria Chien, was born in southern Taiwan, a member of the Movimiento Poetas del Mundo and Li Poetry Society, respectively, as Spanish translator, teacher and poet, now a Ph.D. candidate of the National Taichung University of Education. She participated in international poetry festivals held in Peru, Vietnam, Mexico, Mongolia and Formosa, and interviewed in Spanish on the radio program "Adam's Belly Button" in Lima, Peru. She has translated the poetry collections "At Dawn", "The Voyage of the Island" and "Promise" as well as the novel "Daofeng Inner Sea" into Spanish. In May 2023, she was honored by Peru as an Honorary Citizen of Santiago de Chuco, and in September of same year, received the Orpheus Texts Literary Translator Annual Award of U.S.A.

總是有詩
There Will Be Poetry • Ahí Habrá Poesía

西語篇

CONTENIDO

129 【Introducción General】Promoviendo la Imagen de Taiwán en la Poesía／Lee Kuei-Shien
132 【Prólogo】／Oscar René Benítez

134　Multicolor・五彩
136　Mi Maleta・妳的行李
138　Yo Me Adhiero a Ti, Vallejo・我黏上巴耶霍
140　Ahí Habrá Poesía・總是有詩
143　Si Sigues Despierto・假如你還沒睡著
145　El Viejo Puerto de Tamsui・淡水舊港
146　Anclado・停泊
147　Frustración・沮喪
148　En la Puerta de Entrada a un Paisaje Onírico・在夢境的入口
149　Mis Olas・我的浪
150　Aire Difuso・漫，空氣
151　La Verdad Poética y Musical・詩樂真理
153　Bajo la Lluvia de Hanoi・在河內的雨中
156　Despacito・緩緩
157　Adiós, Adiós・再見，再見
159　Ya Llegué・我來了
160　Despedida・別離

總是有詩
There Will Be Poetry・Ahí Habrá Poesía

161　Again・迴
162　Jazmín・蔓茉莉
163　Calor・熱
165　Encuentro・遇見
166　Poemas en Deng-Gong・鄧公有詩
167　Luto Silencioso・無聲之殤
169　Esperando・等
170　Deseando・許願
171　Lluvia Solar・日頭・雨
172　La Flor del Capulí・柳葉黑野櫻花
174　La Muralla de Ávila・阿維拉城牆
175　Nosotros・我們
178　Escritura Mongola・蒙古國文字
180　Una Página del Río Tamsui・淡水河一頁
183　Libertad・安然

184　Poestisa・作者簡介

〔 Introducción General 〕

Promoviendo la Imagen de Taiwán en la Poesía

Lee Kuei-shien, comisario de la Taiwan Poetry Series

En el siglo XXI, los poetas taiwaneses han sido más proactivos en su participación internacional. Con el apoyo y la participación entusiasta de amigos poetas, he organizado y asistido a festivales internacionales de poesía en países como India, Mongolia, Cuba, Chile, Myanmar, Bangladesh, Nicaragua, Macedonia, Perú, Túnez, Vietnam, Grecia, Rumania y México. Además, he editado varias selecciones de poesía, incluyendo "Voces de Taiwán", que se han distribuido en varios países, permitiendo que las voces de los poetas taiwaneses se escuchen en todo el mundo.

Uno de los aspectos más desafiantes del intercambio internacional de poesía a lo largo de los años ha sido la compilación de colecciones de poesía de último momento para intercambios en el extranjero. Estas suelen prepararse apresuradamente, lo que resulta un tiempo limitado y una selección de obras de calidad. Esto llevó a la idea de planificar una serie de poesía bilingüe: Colección de Poesía de Taiwán.

總是有詩
There Will Be Poetry • Ahí Habrá Poesía

Si los poetas taiwaneses tienen colecciones de poesía bilingües disponibles, se facilitarían tanto los intercambios de poesía como las amistades entre poetas, haciendo que los intercambios internacionales de poesía para los poetas taiwaneses sean más exitosos.

Nombrar la serie "Taiwán" también es para abordar el reconocimiento relativamente exiguo de la literatura taiwanesa a nivel internacional. Proporciona una oportunidad para que los poetas taiwaneses amplíen su alcance global, no para la fama personal, sino para promover la imagen general de Taiwán. Este esfuerzo tiene como objetivo establecer una visión perdurable para la literatura taiwanesa y consolidar su valiosa significancia histórica, asegurando en última instancia un lugar para la literatura taiwanesa en el escenario mundial.

La experiencia práctica ha demostrado claramente que los poetas taiwaneses son muy valorados en los intercambios internacionales de poesía. Las colecciones de poesía que producimos son bien admitidas. En los últimos años, la colaboración con poetas y editoriales extranjeras en la traducción y edición de selecciones de poesía taiwanesa e incluso la traducción y publicación voluntaria de mi poesía en revistas literarias internacionales o revistas de poesía ha aumentado significativamente demostrando la dimensión y el alcance.

Gracias al apoyo de Showwe Information Co. Ltd. a la publicación de colecciones de poesía, han aceptado la inclusión de la Taiwan Poetry Series en su programa editorial, lo que dará impulso al intercambio internacional de poesía taiwanesa, y es de esperar que haya más colecciones bilingües de poemas en varios idiomas extranjeros, formando una base para la expansión internacional.

Traducida por Chien Jui-ling (Nuria)

總是有詩
There Will Be Poetry • Ahí Habrá Poesía

【 Prólogo 】

Oscar René Benítez
Estadounidense. Poeta y novelista.
Vicepresidente de Poetas del Mundo para la América.

La sensibilidad y el talento creativo de la poeta taiwanesa, Chien Jui-ling (Nuria), son ampliamente vertidos en cada uno de los versos que forman parte de este excelso poemario "Ahí habrá poesía".

La poeta ha nutrido su alma de paisajes, experiencias, abrazos, emociones, gestos y el asombro que sólo puede ser provocado por la inspiración al verse ante la naturaleza y la vida misma.

Chien Jui-ling (Nuria) es una poeta que ha recorrido muchos países y ha cultivado, además de grandes amistades, un acervo cultural extenso al conocer diferentes culturas y formas de vida, las cuales la han convertido en una poeta humanista encomiable; pues su sensibilidad se ha acrecentado con todas las experiencias adquiridas en sus viajes por Latinoamérica y otros países. Además, su presencia en los países que ha visitado llevando su poesía, pone de manifiesto la riqueza cultural de Taiwán y así da a conocer los valores, la gentileza y la cordialidad de su pueblo. En su poema 'El Viejo Puerto de Tamsui', haciendo uso de hermosas imágenes poéticas, escribe:

"El barco sampán de la esquina se eleva hasta la luna nueva". Así, a lo largo de todo el libro, el lector encontrará poemas con ricas imágenes que aún después de leídos quedan resonando en el alma.

En la colección de poemas que componen este libro, la poeta Chien Jui-ling (Nuria) demuestra un amplio dominio de todos los elementos poéticos al usar metáforas, versos ricos en imágenes, musicalidad, propiedad del lenguaje y emociones que conmueven al lector y lo llevan a sentir y experimentar la Buena poesía.

Multicolor

Verde es la higuera, es el árbol grueso de la "Puerta de la Nube",
es el reflejo en tu falda,
son los profundos ojos verdes del iraquí,
son los brotes después de la lluvia de verano.

Rojo es la pasión, es el alma latina del salvadoreño,
son los cálidos labios de la poetisa tunecina,
rojos son los ladrillos del restaurante La Casa Roja,
y se oculta en el incómodo rubor de mi vergüenza.

Azul, azul es la lluvia de la montaña Guanyin,
es el azul gris de la piedra arenisca de Kamakura Sook,
son las olas de multitud en las que me sumerjo,
y es la tristeza inesperada del poeta ecuatoriano.

Blanco es la pureza,
es el impecable amor sincero hacia Taiwán del doctor Mackay,

es el firme llamamiento antinuclear de la poetisa japonesa,
es el yate blanco del Muelle de los Pescadores de Tamsui,
y está en las nubes de algodón que llenan el vacío del corazón.

Negro es misterio y atracción,
es el color de la medianoche de Tamsui que encontramos en un café,
es el negro del chang pao ceremonial
cuyo brillo
divertía a los búhos.

Naranja es la escultura solemne del templo,
es la camisa amarilla del poeta bangladesí,
son los brillantes rayos del sol que desde el balcón
expulsan el frío nocturno del aire acondicionado,
en el momento
en que una parte de mí se despierta.

總是有詩
There Will Be Poetry • Ahí Habrá Poesía

Mi Maleta

En la ida
el límite de peso fue de siete
kilogramos, del check-in de mi maleta.
Simplificar y simplificar
Quitas lo que quieres, pero no necesitas
finalmente mucho. Por fin, calificada
a siete kilogramos de embarque.
Nada de carga adicional.

A la vuelta
uno y otro poemario en tus brazos.
Super nítidas las monedas exóticas,
la lana tejida de América, llena del Imperio Inca,
las huellas en los boletos,
la cadena de la poetisa,
sus palabras
los abrazos del pueblo peruano,

el tono musical de la recitación,
¡Todo lo que no puedes llevar
sobrecargan tanto tu maleta!

總是有詩
There Will Be Poetry • Ahí Habrá Poesía

Yo Me Adhiero a Ti, Vallejo

De Santiago de Chuco a Huamachuco,
de Huamachuco a Trujillo,
de Trujillo a Lima,
Vallejo nació y creció con el designio de ser un poeta.

Sus letras
son ecos misteriosos de la cordillera de los Andes.
Su mirada
se sumerge en la pobreza y en el destino de los mineros.
Sus cejas fruncidas piensan
para redimir el dolor y el sufrimiento de la vida humana.
La furia de Vallejo
llega como un temblor hasta el Pacífico occidental.
¡Ah la antigua sangre Inca!
¡Qué profundidad alcanza hasta en el nombre
de su pueblo, Capital de la Poesía del Perú!

En Mansiche, Capulí, El Corequenque.
¡En esa calle, en ese árbol, en esa ave sagrada!
En las coordenadas busco y sigo a Vallejo en su tierra.
Desde la meseta al acantilado del Océano Pacífico,
desde las montañas hasta la costa,
desde Asia oriental hasta Suramérica,
Desde Taiwán a Perú.

Al pie del orbe,
¡yo
me adhiero a ti, Vallejo!

總是有詩
There Will Be Poetry • Ahí Habrá Poesía

Ahí Habrá Poesía

Puede no haber poetas,
pero sí siempre poesía.
El bardo peruano César Vallejo
dijo que quería escribir
mas le brotaron burbujas.
Quiero ser un puma,
pero me vuelvo cebolla[1].

Mientras haya en la vida golpes tan fuertes;
mientras el mal duela tanto
y más de una vez ferozmente;
mientras sonrías,
pero el corazón se sienta
como herido por un cuchillo,
¡habrá poesía!

---
[1] Metonimias: el *puma* por la *fuerza*, y la *cebolla* por el *llanto*.

Mientras haya un misterio
sin resolver en el universo;
mientras el sentido y la sensibilidad
sigan luchando;
mientras el cielo y el universo
estén siempre conectados,
mas nunca fusionados,
¡habrá poesía!

Mientras el alma se sienta alegre
y no lo muestre;
mientras haya ojos que reflejen
aquéllos que los contemplan;
mientras los labios suspirantes
respondan a los labios que suspiran,
¡habrá poesía!

總是有詩
There Will Be Poetry • Ahí Habrá Poesía

Mientras la brisa lleve
perfumes y armonía;
mientras haya esperanzas y recuerdos;
mientras haya un secreto
que no se pueda contar,
¡habrá poesía!

Al tiempo que florece se marchita;
mientras el fuego de oro
rompa la oscuridad,
no digas que sus tesoros se acaban
o son cortos en temas;
Bécquer ha dicho
que el mundo podría quedarse sin poetas,
¡pero siempre habrá poesía!

簡瑞玲漢英西三語詩集

Si Sigues Despierto

Crees que soy un pueblo

en realidad estoy a su alrededor

lo suficientemente grande y bonita para pasar un fin de semana entero

no has oído hablar de ella

pero tal vez habría pasado.

no soy solo una habitación

soy el refugio ideal para tu sabiduría

puedes soñar en la ladera del muelle

no el whisky que querías

總是有詩
There Will Be Poetry • Ahí Habrá Poesía

sino el agua que necesitas

si aún estas despierto

intenta tomarte vacaciones conmigo

El Viejo Puerto de Tamsui

El río y el cielo están claros y serenos
El barco sampán de la esquina se eleva hacia la luna nueva

Los bordes y las esquinas
se aíslan del ruido

Las aves acuáticas junto al ferry
El intercambio diario de estaciones

Mirando hacia las montañas en la distancia
Saliendo del ferry
Escuchando los susurros del río

Escrito tras leer
el óleo de Cheng Jianqiu "Un rincón del viejo puerto de Tamsui".

總是有詩
There Will Be Poetry • Ahí Habrá Poesía

Anclado

El Río Tamsui

está claro

de que la gente

puede ir y venir

Vienes de ahí.

¿Quién vino

en mi tiempo?

           Escrito tras leer el óleo de Cheng Jianqiu "Anclado".

Frustración

Bebiendo té verde de la taza de porcelana blanca, recordando que no te ríes. Te has acostumbrado a mi comportamiento absurdo.
También me he acostumbrado a que no te rías, como una botella de Píldoras que no estaba destinada a ser abierta.
¿Es dulce o amargo? Me olvidé de si añadir azúcar o no.
Déjame fingir que estoy viajando alegremente y no escapando.

總是有詩
There Will Be Poetry • Ahí Habrá Poesía

En la Puerta de Entrada a un Paisaje Onírico

Bajo la luz de la luna,
sin ser molestado, el unicornio deambula
con su crin blanca y pura
mientras los fantasmas de las aureolas
persiguen el reino perfumado por lilis nocturnas.

Entre juncos de ensueño en un lago Men-huan
Un búho africano de pasto con rostro marrón grisáceo
contempla al leopardo nublado y al gato leopardo
así como la felicidad que juntos van creando.

Fantasmagóricamente,
escarabajos ciervo desfilan
por la puerta de entrada del paisaje onírico
y yo entre ellos camino.

Mis Olas

Olas imparables es el tiempo

Una vez que comienzan la carrera, destruyen las huellas previas

y continúan en movimiento.

Pero aun así me apetece.

Cuando llega cada ola del destino

ese momento, entre tú y yo,

se mantendrá eternamente.

總是有詩
There Will Be Poetry • Ahí Habrá Poesía

Aire Difuso

Cierra tus ojos
Un periodo circular
¡Ay!

La condensación de la respiración
Escucha
El idioma de dios

Dirige
el espacio imaginario
entre tú y yo

La Verdad Poética y Musical

Sujetando la pelota, las puntas de los dedos tiemblan

Acariciando las teclas

Bailando en los pedales del órgano

Resortes tranquilos, más que solemnes

Las notas fluyen

Cambiando con el impulso de una ola

Por un momento, es más que vasto, y es tan profundo como una gran ola.

Si sucede que está lloviznando

總是有詩
There Will Be Poetry • Ahí Habrá Poesía

Debe ser agua dulce, nutriendo la tierra.

Si estás llorando mientras lames tu cuerpo

Toda la amargura y la tristeza se alejarán de ti

Este verano.

Bajo la Lluvia de Hanoi

Muchos años atrás conocí un poema del país
La novia vietnamita escondida en el exilio
El corazón se oculta
Hanoi, tan lejos
La hermosa cara en un poema

Lo vuelvo a encontrar en la parte posterior del asiento de la cabina
Un poema, un cubo cónico colgando en el corazón del lago verde
Deliciosa arena del río con un espectáculo de marionetas en el agua
Comprimido en una lente de alta calidad

Nada más llegar
En cada lugar suena el claxon de las motos
Edificios y templos
Mientras llovizna en Hanoi
Gracias a un loto en el suelo de hormigón
Florece rojo y brillante

總是有詩
There Will Be Poetry • Ahí Habrá Poesía

Ante tan bello escenario, el señor alcalde se vistió para el discurso de
   bienvenida
En las sillas de nubes del mostrador, la gente habla en voz alta y se ríe
En medio de spray para el cabello y la corbata
la aguja del segundero apunta directamente al incómodo
Ventrículo izquierdo
Colmado de contradicciones.

Todavía en la soledad
Sigue lloviznando en Hanoi
Llena de sueños e intenciones
Seguiré adelante, me digo a mi misma
En el lago Hoan Kiem
Usando los más hermosos caracteres chinos tradicionales

Sin la luz de la luna al decir adiós
Una cueva misteriosa en la bahía Halong

La condensación del café
Una a una, gota a gota,
Poco a poco fortaleciendo tu alma
En este momento, bajo la lluvia, Hanoi

總是有詩
There Will Be Poetry • Ahí Habrá Poesía

Despacito

Al pie de la montaña Datun, en el pueblo Tamsui
pequeños autobuses pasan lentamente por
la serpenteante carretera de montaña sin posibilidad de dar la vuelta.
Por el sendero
Risas, música y
el zumbido de los platillos
llenan el valle de los oídos.

Los jóvenes taiwaneses
cantando canciones de su propia creación
jugueteando con pañuelos y guitarras.
Me magnetizan los ojos.
Ven. Ven aquí.
Te presto mis manos
Let's rock and roll
Me beberé toda la Cerveza Taiwán en mis manos.

Adiós, Adiós

La chica que bajó del autobús se lo dijo a la estación del metro de Tamsui
El chico que está a punto de entrar al metro, se lo dijo al muelle de Pescadores

El barco pesquero se lo dijo al puerto de pescadores
El puerto de pescadores se lo dijo al barco pesquero

Adiós

La campana sonó y se lo dijo al reloj de la torre una y otra vez
Las farolas se lo dicen a la apresurada y abarrotada ciudad

Adiós

Yo también lo haré,
adiós diré.

總是有詩
There Will Be Poetry・Ahí Habrá Poesía

A mi yo de hoy,
adiós le diré.

Adiós, Adiós

Ya Llegué

"¡Ya llegué!"
Un proverbio directo de un libro de ensueño
Dando forma a la realidad
Abundante
Mirando a Mongolia
La tercera vez no es la segunda más la primera vez
es la primera vez maximizada
El cielo, nieve blanca y el silbido del viento
Una estructura gráfica
Ulán Bator
"¡Ya llegué!"
El magnífico Altai y el exuberante y denso monte Jade colgando en
    una esquina del mundo
en una feria en Tamsui, Formosa Taiwán

總是有詩
There Will Be Poetry • Ahí Habrá Poesía

Despedida

Observando su contorno de luces y sombras
quiero presionar el obturador
y mantener el primer plano
El tiempo ha estado pasando
Las estrellas persiguen el resto de la felicidad
No,
no quiero conocer
personas a las que jamás volveré a ver

Again

Una y otra vez

Dos pasos adelante, un paso atrás.

Hablando de avances

Otra vez te hace retroceder.

¿Cómo puede ser tan arduo?

Espina larga

La lluvia siempre resplandece en la oscuridad.

Quiero brillar como la luna en un puerto pesquero.

Hacia el lado lúcido

Hacia el lado lúcido

La vida no es sólo ahora

sino también arco iris y lejanía.

總是有詩
There Will Be Poetry • Ahí Habrá Poesía

Jazmín

En el muro de piedra
No aguanto la risa
Alias romántico
No puedo ocultar los recuerdos
Hierbas finas que brillan
Dan paso al blanco jazmín
que florece en el baño
Infinito

Calor

I.

Calor ardiente

se une a la grandeza del cielo;

la brillante cara del río

alcanza casi el cielo,

lustrosa e inmaculada,

cegando al espectador.

II.

El sol invernal arroja su cálido abrazo

sobre una vereda de cipreses;

los jugadores de las *escondidillas,*

las ventanas congeladas por un *clic* del obturador...

todo me dice que

ese verano

porta consigo cara de invierno.

Encuentro

Por el camino de Zhongliao
Un poema me lee

En un mar de gente
hay uno de mí que lee este verso

Nos queremos tanto
¿Dónde en el futuro
De qué forma
nos volveremos a encontrar?

總是有詩
There Will Be Poetry • Ahí Habrá Poesía

Poemas en Deng-Gong

En el aula
lleno de notas que no caben, bailando
melodía de la banda de música
un tour de force al estilo de Joe Hisaishi.
Es como estar en el "Castillo en el Cielo"
¿Quién está junto al río Tamsui?
¿Quién está en el campus Deng-Gong regando los sueños?
¿en papel, en bolígrafos, en grabados
en esplendor
entre tú y yo?

Luto Silencioso

lágrimas en las mejillas de una anciana
serpenteando
colgando en los pliegues rugosos de la textura
para escapar.
el pañuelo en la cabeza es la única propiedad
ojos indefensos parpadean bajo la lámpara de proyección
en cólera y lágrimas
a punto de perder el juicio del amor
deja de llorar y ven a mí
déjame abrazarte fuerte
aunque la justicia se sesgue temporalmente

las armas blasfeman la paz
el crepúsculo se pierde en la cúpula
no se ve una nube en el cielo

pero caen gotas de lluvia
deberían ser tus lágrimas.

Leyendo el óleo "Duelo" de Lin Sheng-bin.

Esperando

La luz de la luna es hermosa

Adelante.

¿Qué muro de piedra besas?

¿Es un amarillo grueso? o

¿un amarillo verdoso claro?

Si sale el sol

Si se levanta la niebla

¿Qué otras pasiones me esperan?

La luz de la luna es tan hermosa

No corras sólo porque la echas de menos

Tómate tu tiempo,

la luz de la luna es tan hermosa.

Leyendo el óleo "Oración" de Lin Sheng-bin, I.

總是有詩
There Will Be Poetry • Ahí Habrá Poesía

Deseando

Experimentando algo, las costras callan.
    Ecos del conflicto
Absorbidos por la pared de estuco
    Olas de susurros esperanzados
    Páginas de cartas de oración
Incrustadas en ladrillos antiguos
    Reverberando a través de los milenios
Un lienzo de paz salpica
    Benevolente luz sagrada
Que florezca la armonía
Que, no haya más llanto
Que
Todos los corazones sean libres.

                Leyendo del óleo "Oración" de Lin Sheng-bin, II.

Lluvia Solar

La extrema furia
se cruce en su corazón.
Esas zapatillas blancas pisoteadas
El boleto de avión arañado por rayones
En el lluvioso y soleado invierno
Así
hacen ruidos
sin fin.

總是有詩
There Will Be Poetry・Ahí Habrá Poesía

La Flor del Capulí

——Dedicado a Danilo Sánchez Lihón

La flor del Capulí,
luce una bufanda roja
desde la cual nos dirige y nos inspira,
y que es para poder verla al otro lado de la más tupida neblina.

La flor del Capulí,
escribe todos los días
No le importa si es en el amanecer
o si es en el atardecer, una y otra vez insiste y horada la piedra.

No solo alabo su sabiduría, creatividad y humildad...
sino que canto su firme dirección, que es ya un patrimonio humano
Cuento a los vientos lo que escribe y cómo a partir de él se prodigan
anhelos y esperanzas con su voz roja y blanca como es la bandera que
    iza.

Canto su bello esfuerzo exornado de luces andinas,
su amor a lo que tiene y no tiene explicación posible.
Exalto su corazón tierno con los grupos vulnerables,
y la magia con que atrapa a todo ser que lee y que vuela.

La flor del Capulí desde muy lejos huele en mí y es intacta su fragancia
cómo es la fortaleza abismal de la cultura Inca,
a la cual me siento unida, integrando y forjando
el prodigioso jardín de la Utopía Andina.

總是有詩
There Will Be Poetry • Ahí Habrá Poesía

La Muralla de Ávila

me encanta esta

antigua muralla

besada por el sol ardiente

mordida por el viento del tiempo.

Nosotros

En el abrazo de las sombras, una lucha emprende el vuelo,
En medio de la niebla, donde la valentía se posa,
A través de batallas turbulentas, nos mantenemos firmes,
Mientras los sueños chocan en una bola deslumbrante.

Caemos y tropezamos, pero nunca nos rendimos,
Porque en nuestros corazones hay un fuego escondido,
La niebla puede nublar nuestro camino y nuestra vista,
pero seguimos adelante con todas nuestras fuerzas.

En la conciencia, buscamos el camino,
Revelando verdades, mientras que la noche se convierte en día,
Lo que estaba en el proceso, ahora revelado,
Lecciones aprendidas, cicatrices que han sanado.

Unidos, somos uno,
unidos por las batallas que hemos ganado,

總是有詩
There Will Be Poetry • Ahí Habrá Poesía

Aunque el tiempo cambie, estamos seguros,
Unidos por el amor que perdurará.

En recuerdos grabados, para siempre,
Éramos guerreros, valientes hasta el nucleo,
En este tapiz de la vida que compartimos,
Juntos, triunfamos a través de la desesperación.

Así que deja que las sombras bailen y jueguen,
En los reinos brumosos, donde se mecen los ecos,
Y la conciencia como los sueños,
A menudo no recuerda cómo empezar,
O puede que no sepa cómo terminar,
Pero más o menos recordar lo que pasó en el camino.

Así que deja que las sombras bailen y jueguen,
En los reinos brumosos, donde se mecen los ecos,

Porque nosotros, como almas, siempre nos agitamos,
Unidos en propósito, corazones agitados.

總是有詩
There Will Be Poetry • Ahí Habrá Poesía

Escritura Mongola

vertical
vertical
escritura mongola
como una gota de agua
como la lluvia primaveral
la pluma obediente camina
con dedos creativos
deslizándose verticalmente
sobre papel de algodón o lino
erguido

erguido
vertical
escritura mongola,
como la lluvia
nutriendo las interminables praderas
animales y cultivos.

como la lluvia

limpia los corazones de innumerables personas.

como mis lágrimas que caen

eso fue cuando me fui de Mongolia

me resistía a irme

mis lágrimas.

總是有詩
There Will Be Poetry • Ahí Habrá Poesía

Una Página del Río Tamsui

En el amanecer de septiembre,
el Día Mundial de los Ríos llega en silencio.
El río Tamsui, envuelto en el velo del tiempo,
serpentea por esta histórica ciudad del norte de Taiwán.
Aquí, el río late como un latido,
infundiendo historias del pasado y del presente en el abrazo del océano.

El río Tamsui fluye silenciosamente
a través de incontables años de esplendor.
Los barcos Sampan del recuerdo
aún flotan sobre su superficie,
acompañados por la música de los cafés con vistas al río,
como si contaran historias de viajes lejanos.

Aquí, el río es un símbolo de vida.
Conecta con todos los ríos del mundo,
del Amazonas al Nilo,

del Ganges al Mississippi,
juntos tejen
la sangre vital de la Tierra, fluyendo sin cesar.

Los ríos aportan vitalidad
y transportan los sueños humanos.
Ya sean vacilantes o robustos,
extendiéndose a lo largo de las riberas, prosperan con todas las cosas.
Nutridos por estas aguas,
aprendemos reverencia y aprecio.

La llamada de los poetas a lo largo del río Tamsui
resuena en todos los rincones de Taiwán
y llega a todos los ríos del mundo.
Hay que proteger nuestra patria.
En los versos del río
reparamos heridas, tejiendo visiones de armonía.

總是有詩
There Will Be Poetry • Ahí Habrá Poesía

Abracemos la esperanza,
en los susurros del río Tamsui,
encontremos la sabiduría para la sostenibilidad.
Con amor y acción, mano a mano,
desde el Tamsui a todos los océanos del mundo,
que todos los ríos fluyan libres y claros.

Libertad

La libertad para el colibrí

no está en las ramas

sino en el aire

no está en el aire

sino en un instante.

總是有詩
There Will Be Poetry • Ahí Habrá Poesía

Poestisa

Chien Jui-Ling, alias Nuria Chien, nació en el sur de Taiwán, es miembro del Movimiento Poetas del Mundo y de la Li Poetry Society, respectivamente, como traductora de español, profesora y poeta, actualmente doctora candidata de la Universidad Nacional de Educación de Taichung. Ha participado en festivales internacionales de poesía celebrados en Perú, Vietnam, México, Mongolia y Formosa, y ha sido entrevistada en español en el programa de radio "El ombligo de Adán" de Lima (Perú). Ha traducido al español los poemarios "Al amanecer", "Travesía de la Isla" y "Promesa", así como la novela "Daofong: El mar interior". En mayo de 2023, fue distinguida en Perú como Hija Adoptiva de Santiago de Chuco y, en septiembre del mismo año, recibió el premio Orpheus Texts Literary Translator Annual Award de los Estados Unidos.

BOD Books on Demand

語言文學類　PG3116　台灣詩叢24

總是有詩
There Will Be Poetry・Ahí Habrá Poesía
——簡瑞玲漢英西三語詩集

著　　譯 / 簡瑞玲（Chien Jui-Ling）
叢書策畫 / 李魁賢（Lee Kuei-shien）
英文校譯 / 李魁賢（Lee Kuei-shien）
西文校譯 / 歐斯卡・雷涅・貝尼帖茲（Oscar René Benítez）
插　　圖 / Windy Shih
責任編輯 / 吳霽恆
圖文排版 / 楊家齊
封面設計 / 王嵩賀

發 行 人 / 宋政坤
法律顧問 / 毛國樑　律師
出版發行 / 秀威資訊科技股份有限公司
　　　　　114台北市內湖區瑞光路76巷65號1樓
　　　　　電話：+886-2-2796-3638　傳真：+886-2-2796-1377
　　　　　http://www.showwe.com.tw
劃撥帳號 / 19563868　戶名：秀威資訊科技股份有限公司
　　　　　讀者服務信箱：service@showwe.com.tw
展售門市 / 國家書店（松江門市）
　　　　　104台北市中山區松江路209號1樓
　　　　　電話：+886-2-2518-0207　傳真：+886-2-2518-0778
網路訂購 / 秀威網路書店：https://store.showwe.tw
　　　　　國家網路書店：https://www.govbooks.com.tw

2024年10月　BOD一版
定價：320元
版權所有　翻印必究
本書如有缺頁、破損或裝訂錯誤，請寄回更換

Copyright©2024 by Showwe Information Co., Ltd.
Printed in Taiwan
All Rights Reserved

讀者回函卡

國家圖書館出版品預行編目

總是有詩：簡瑞玲漢英西三語詩集 = There will be poetry = Ahí habrá poesía/簡瑞玲著. -- 一版. -- 臺北市：秀威資訊科技股份有限公司, 2024.10
　　面；　公分. -- (語言文學類 ; PG3116)(台灣詩叢 ; 24)
　　BOD版
　　ISBN 978-626-7511-18-3(平裝)

863.51　　　　　　　　　　　113013811